U0961498

新时代精品
朗诵诗选

# 短歌集：春日和猫

游天杰 / 著

文化发展出版社
Cultural Development Press
·北京·

## 图书在版编目(CIP)数据

短歌集：春日和猫 / 游天杰著. — 北京：文化发展出版社，2022.8

ISBN 978-7-5142-3819-8

Ⅰ.①短… Ⅱ.①游… Ⅲ.①诗集－中国－当代 Ⅳ.①I227

中国版本图书馆CIP数据核字(2022)第135299号

## 短歌集：春日和猫

游天杰 著

---

责任编辑：王　晶
出版发行：文化发展出版社（北京市翠微路 2 号 邮编：100036）
网　　址：www.wenhuafazhan.com
经　　销：全国新华书店
印　　刷：唐山楠萍印务有限公司

---

开　　本：710mm × 1000mm　1/16
字　　数：76 千字
印　　张：13
版　　次：2022 年 8 月第 1 版
印　　次：2022 年 8 月第 1 次印刷

---

定　　价：49.80 元
I S B N：978-7-5142-3819-8

---

◆ 如有印装质量问题，请电话联系：13121110935

在这里，我想对我的妻子说：
谢谢你还爱着一个清贫的诗人。

# 自序　执一不失，能君万物

游天杰

我一直相信笔是最好的武器。在我喜欢的事情上，我从来坚定不移。因为生活的压力，我写作的激情也一天天地减少。但我依然爱着这份无用和浅薄，也许是在感激曾经的轻信和付出的真心。我在为文学的付出和努力中愉悦着自己，用文字挽留一切无法留住的时光和美好。

记得在我毕业论文答辩时，答辩老师问了我一个问题：为什么说作家是崇高的？我是这样回答的：罗兰·巴特在《恋人絮语》中讲了一个故事，某风流名士迷上了一个妓女，而妓女对他说："只要你在我的花园里坐在我的窗下等我一百个通宵，我便是你的人了。"然而，到了第九十九夜，那位名士站了起来，夹着凳子离开了花园。就像对这个故事一样，我对这个问题深有感触却无法解释为什么。

我在读大学时就对权威持有本能的反感。我经常逃课，独自一人躲进图书馆里去闻书香气，像一个人乘坐高铁穿行在一个空荡陌生的世界。当我感觉累了，就躺在凤凰木的石椅上想入非非。微风吹拂、色调柔和、阳光闪烁，这构成了我写诗的最初意象。

我在大学校园里，无比狂热地追求诗歌与自由，后来发现这一切是要付出代价的。因为班主任的不满，我这种"另类"学生无法毕业。那段时间我遭受了人生最痛的打击，大学时代的女友也离开了我。

我报生活以微笑，生活报我以残忍。不能毕业的那年，我将所有的书籍封存，带了一千元回到惠州，临时住在马庄一个 40 元一天的小旅馆里。我找工作，投了很多简历都没有消息。那时，我的整个世界都是悲伤和迷茫的，如果说还有一点光亮，那就是封存在心中的对诗歌的念想。所幸，我没有忘记初心。我在对文学的追求和付出上无怨无悔，多少日子，我在诗歌中度过漫漫长夜。那种刻骨铭心的爱和诀别，让我的文字有了冲破一切的勇气和力量。

看着天上散淡的云，忘不掉的不是你，而是绝响的爱情。你可以抛弃我，但我不能抛弃自己的热爱和理想。写诗和隐居一样，是一种生活方式。如果没有诗意，我的文字是肤浅的，我的人生是无意义的。我热爱诗歌，相信诗歌，诗歌就像生命的呼吸一样自然自在。因为诗歌，我的生活丰盈而又美丽。这是任何物质都无法带来的满足和愉悦。

夏日的午后，阳光慵懒，单薄的小城，泛绿的泡沫在手上。我坐在微风处想你，一只蝴蝶悄然飞过，光影明灭，暗香浮动。这样的晌午，适合酣梦一场。我喜欢无所事事的日子。当我写不出诗的时候，我望着香樟树的小镇宁静、清新，我享受着这明亮蔚蓝的日子。天很高，云很高，就像我纯洁的心灵。不写诗的日子倒感觉是柳暗花明豁然开朗。一个灵魂高尚的人，一个个徐徐延伸的美好日子是无法言表的。

执一不失，能君万物。一个人一辈子能做好一件事情，就足够了。金钱名利都是身外物，生活确实也不应该追求这些（我尤其不赞同用尽自己的所有去追求一套房子，一辈子好像就为了一个住所而耗尽一生）。坚持做好你自己喜欢的事情吧，该有的也会慢慢地拥有。因为守住自己安静的心，做你自己喜欢做的事情才是最重要的。

最后，我真诚地希望读者朋友能从这本诗集里找到快乐和难忘的东西。

# 目　录

## 第三辑　写什么都是在写诗

## 第四辑　我们像山羊一样芬芳

## 第五辑　历史人物系列



## 第六辑　猫

# 第一辑

# 那些无法靠近的事物总是很美

# 春日

春日，蝴蝶掠过
阳光是寂静的蜜
我在你裙边读诗
邻家的花猫来访

在你骰子般的心
隐藏一朵失语的云
高于真理，高于我
高于阿司匹林

# 午后

午后，水的青色稍浅于
杨柳，静谧稍浅于
松影，鸟鸣稍浅于
文字流动的余温

沐浴纸上芬芳洒散的光
没有桃花不见美人
只是点轻微的忧伤
落入我的诗笺中

# 表姐，请务必跟我走一趟

表姐，在你的桃林，天空如此湛蓝
你是神圣不可侵犯的
只有我奋不顾身水深火热地爱你
在清晨初绽的桃枝上
在阳光嬉戏的桃金娘上
在每一个日落与日出之间
我手无寸铁地爱你

表姐，我爱你像一个小孩，像小孩
手中吹出的肥皂泡泡
我刚学会走路，我就深深地爱你
你肯定喜欢我的倔强
我爱你，就像谶语，像柳絮一样飞
我爱你，像你的莲花压着我的屁股
我爱你，像万发子弹同时击穿身体
而你，就是第一个开枪的人

表姐，请务必跟我走一趟

去看看我们的桃林
去看桃花絮语纷纷
即使此刻南风强劲地吹
即使此刻雀鸟苏醒逃离
但，春天来了
令人心碎

表姐，请务必跟我走一趟
你看，春天来了，清澈如小马驹
我在嘚嘚的马蹄上
我是你光明的白马
我走出书斋，带上诗稿来爱你
是的，表姐，此刻我大梦初醒
想亲你一口

我，就像一只洁白的小兽
在春天的幽谷上将你等待
我就像一把绿吉他，在花丛中
我哼唱着《闪电部队在前进》
表姐，鸟鸣淡去，苜蓿睡醒了
我渴望你有气质的飞眸
更野一点

因为，今天我要你做我的女人
表姐，你穿着白色褶裙

你完美得什么都不需要，但你需要我
你噙着一滴泪，把一绺青丝
倒映在春日的镜面上
这里芳草萋萋，一只幼鹿迷失在桃林
我掏出枪给它致命的一击

表姐，可以想象，我是那么奋不顾身
咬牙切齿地爱你
我像齐威王一样，三年不鸣
一鸣惊人地爱你
我把春夜一个个拆散来爱你
我把闪电捶打成补丁来爱你
我带上我的诗稿披星戴月来爱你

表姐，你知道，我是一个扎实的诗人
我把最好的时光都献给了诗歌
为了爱你，我已经好几天没写诗了
你知道吗？诗歌就是我的饭，我的命
自从有了诗歌，我的人生才初具规模
我才敢如此大胆地一意孤行地
挥霍无度地飞马扬鞭地
像秋风扫落叶一样地来爱你

表姐，有人说才华横溢的诗人
永远是个孩子

那我就像个孩子那样爱你呀
在这物欲横流的时代，表姐，不管你
爱不爱我，不管你接不接受
我的爱一如既往，坚贞不渝，始终如一
表姐，原谅我，这彻底的情种

# 单曲循环

古寺石阶
屋顶上宁静的午后
鸟鸣顺序而至

如木鱼般
坐下来读读诗
让我习惯以这样的方式
想你

两点之间
最远的距离
是遗忘

# 想你

我看见玉体般的小猫想到你
我看见郁郁葱葱的竹海想到你
我看见花叶上晶莹的露珠想到你
我看见晚霞爬上洁白的窗子想到你
我看见泥泞里颠簸的小巴士想到你

我听着最绝望的音乐还是最想你
我在衣裳飘荡的午后放肆地
想你

# 黄昏

村庄凌空飞翔
天空失去了鸟

畸变的神秘城市
带着柏油石子路的荒野

电线高歌，升起
比水还要柔缓的
巨大花束

耀眼的光直直驶入
如一条山谷被取出耳膜
而回响的根萎缩

在梦幻蔓延的苹果树下
一对恋人
朝天空张开臂膀

# 秀色青城

## ——给子璇

一路走上山来
蝉声连绵不断

翠峰下的月城湖
加深了春日的幽意
阳光忽而明媚
鸟鸣闪烁着，比松絮还轻

风吹过丰腴的你
你的绿裙飘动多么美丽
云影下
碧波摇曳成火

这个朴素的早晨
我不想才华横溢
心安乐处，此刻
只为你一人写诗

# 假如

假如我的眼睛
没有
看着你

我的耳朵
没有
倾听你

我的嘴巴
没有
亲吻你

我的心
没有
尝试去爱你

我的生活
就没有你

没有相爱的甜蜜
和分离的
苦楚

我们形同路人
即使有一天
我们相遇，你问：
“一份爱情
能持续多久？”

我会回答：
“如果一分钟是
一年，能在水里
憋多少分钟，
就是多少年。”

# 姑娘

姑娘，树从我的躯体长出
树寂静地生长
嫩叶闪烁绿光

姑娘，血从我的额角漫溢
血不知来自何处
它流淌在树心里

姑娘，鸟儿在我心头啄食
这是最纯洁的心
赤裸，且已死去

姑娘，群星栖息在树枝上
那醉人的光芒
汇聚于你滚烫的目光

姑娘，雾之唇把你的气息
举到峰顶，散落

在我温暖的海滩

姑娘，在遗忘与梦幻之间
你眸里的潮水
淹没我的失眠

# 就这样结束了

我说“寂寞”
你也说“寂寞”

我说“还有”
你也说“还有”

我说“为什么”
你也说“为什么”

我说“我爱你”
你却说“坏蛋”

我说“对不起”
你还是说“坏蛋”

我说“就这样”
你说“结束了”

# 忧郁的石榴

睡是美的，忧郁的石榴啊
燃烧在青春的虚无里
凭借风之力荡漾着纯真
我走进你看不见的果肉

鲜红、完美，凝聚着爱情
敏锐、炽热，全都属于你
在成熟和腐烂之间，每个
构造精致的角落总是冻结

我的灵魂陷入无限的
沉重，从你幽深的伤口
吮吸囚禁的汁水
当你的果实炸裂四溅

你委身于我！
你的性感满足我的贪婪
我所能享受的，结束或开始
多么令人想入非非……

# 妈妈，我已经不是处女

妈妈，春暖花开的季节
我不再等待，我的爱情
像一朵初绽的玫瑰，花瓣
洁白，里面粉红，显示
出了视觉不同的层次

妈妈，我已经开始丰满
腰肢窈窕，臀部肥润
我们走过金黄的油菜地
走在残阳如血的黄昏
走进一朵旋涡里

我爱上一个大九岁的男人
他那样清贫，一无所有
我用身体接纳他沉甸甸的喜悦
他手握方向盘，表里如一
他头枕在我腹中像个孩子

妈妈，我已经不是处女了
为了爱，我已经献出所有
那一次可遇不可求的交欢
让一个男人的温度和硬度
围绕着我的爱旋转

妈妈，我现在没有工作
因为我何必要去工作呢
结草衔环的日子，我内心宁静
虽然诗意生活岌岌可危
但这就是真实的生活

我们手拉着手归隐田园
我答应要做他的妻子
我对他的爱干干净净
什么也阻止不了
我一意孤行的脚步

妈妈，世上的坏人太多
但他的坏恰到好处
有时候我是多么憎恨他
有时候我又是那么爱他
这构成我一生的完整

# 致我的小红内裤

也就是说，我的灵魂就像你——
小红内裤，有着火焰的颜色
像金黄的稻穗，燃烧在阳光里
是如此火热

细小的火热，轻柔的火热
三角形的火热，梦幻般的火热
带着毁灭性的火热
像名字写在水上的火热

小红内裤，为了诗意和空间
我们相逢，我们一起挥霍青春
手舞足蹈，在荒诞的结局之外
灿烂依旧，美好如初

# 当你老了

当你老了，头发白了，在电视机前打盹，捧着我的诗集细细地回味。或许内心在嘲笑自己，你当年抛弃的穷小子，现在已是受人爱戴的大诗人。那些年，多少人迷恋你姣好的身材和漂亮的脸蛋，有动真格的，也有逢场作戏的。只有那个穷小子真心爱你灵魂深处的自由和日渐衰老的容颜，或许现在他还像曾经一样爱你在乎你。在闪烁的电视机前，故人的眼，有着云的淡意，轻浅的痕迹……你忽然恍然大悟：爱情这玩意儿来得快去得也快，最好浅尝辄止！

# 隔火观岸

那些无法靠近的事物总是很美
比如空荡荡的蓝天
比如你

# 你的名字

你的名字是唯一的，
苍劲、青翠，宛似真理一样，
沐浴着云霞！
你的名字，我曾在每一片天空下呼喊过，
也曾在每一张白纸上书写过。
你的名字有阳光的季节。
你的名字很暖，像一个梦幻般晴朗的午后。
你的名字迈着轻盈的步子，把我含在嘴里，
把我放在烟雨迷蒙……
你的名字可以聆听空山。
你的名字可以望见大海。
你的名字扩散在海水里。
你的名字从四面八方将我包围。
我逃往何处？你的名字充满了世界，
我只能到你的名字上逃避你。
你的名字如此完美如此纯粹如此超凡如此神圣。
现在，过去，永远
你的名字连一点瑕疵也不曾有。

你的名字包含了所有的生命、光明和力量。
你的名字静止、永恒、不可移易。
你的名字，
有时万里奔腾；
有时细若游丝。
你的名字洁白如松香。
你的名字炽烈如暗蚀暴动。
你的名字无所畏惧！
在我记忆的有生之年里，
你的名字宁求玉碎也不瓦全。
你的名字赤足行走在黑暗的大地上，
藏身于满天繁星之下。
只要每天念一遍你的名字，
就永远不会老去。

# 第二辑
# 你是这世界给我的最大慈悲

# 清明

乌桕树下
我读诗：在光的抚摩下
石英开成了瀑布

骤雨初晴的天空
格外清朗。我耳中充满了
鸟鸣的寂静

我读着诗
没有云，没有风
尘归尘，土归土

# 火

不。我是火，有时温柔，有时冷酷。
在每一个冲动的瞬息我看见世界流转万变。
虽然厄运紧跟，自由和美依然是我的姐妹。
我不明智，我想疯狂，我想高喊：
我渴望——一切都坚硬、美丽如水晶般的存在！

我生活于梦幻的魔掌，面对现实——
我有最野蛮的嘲笑，因为我粉碎枷锁，粉碎面具。
我把所有的——无论真诚的或是愚蠢的泪水一概遗忘！

我相信，黑暗的告诫。但其实我什么也不相信。
我的爱永远处于开端，我的心灵永无尽头地寂寞。

是的，我的欢乐已逝去。我痛恨生存，呼求坟墓。
——因为我是火，我要燃烧！

# 树

树侵入我的空间，一种剧烈的疼痛
我与树连接，我的气息在树端颤动
万千躁动的根系在我血管里流淌
我在树中耕耘，沿着天空攀登
树把我带入梦境，那里山峦广袤无比
稠密的根让我感受每一条河流
和云朵一起奔跑，我的心清澈明净
群鸟栖息在我的掌心，炽热而轻盈
太阳、果实和土地都充满梦幻
我存在于一棵树的空旷，自由自在
自己的根正越扎越深

# 回声

总是在这片土地
桃花泛红，剥光这梦境
影子是荒凉贫瘠
你在暴乱中写作，消隐无踪
词语在各自的空旷中
既无忧伤，也无重量

# 理想主义

此刻的你
像极了小城的天气
因我
在带刺的宁静里
写诗
而哭泣

# 夏日小镇

我推开青山的门
画面上的彩虹从天空中消失
水对着云的耳朵絮语

盛大的夏日，彩蝶
云朵，清溪
淡绿的芭蕉树下
小学生在读书识字
一个姑娘在日光里晾洗好的衣服
嗓音轻轻，在和缓的风中

我在这儿，这个夏天
看着桌子上你的照片
我倚着一瓶花
（有一枝已在我睡梦中凋落）
一只山雀飞来飞去，重复着
一遍又一遍。又一遍

# 黔灵山一日游

有小鹿，有寺庙
有神迹

裙摆在你抛出五月祈祷后
飘飞出满日的弧度

# 凤凰古城

一切眷美且略带感伤
古城细雨如烟
虹桥，垂柳，古渡
水车，牌坊，万名塔
和沱江上的乌篷船

在迷蒙细雨中，漫步
光亮的街巷，阳台，窗子
黛色的山，行人，丁香和青石
寂寞的，清晨中的沱江

我的思绪和欲望，风雨
欲来，迅速进入我的体内
醉心的苗家姑娘，穿着蜡染衣裳
唱响山歌，雨水缓落
谁替你守口如瓶

# 当那滔滔奔流的美好日子又再来临

傍晚一朵停驻的云
一匹白马跳跃在溪边的小树林里
你对那个人的记忆
转身如落叶般潇洒

# 没有比对你的爱更富于艺术性的事业

我成了爱幻想家
躺在这里，无聊得要命
带电的肉体
像小旗一样飘扬

你腰间是盛满雨水的湖
（我该怎么办？）
紫藤爬满了墙
你知道我有多爱你吗

# 我用一只黑鸟来爱你

我用一只黑鸟
来爱你
我用每一片云
感受你的存在

在这命定的时刻
我们站在针尖上，像盐粒一样
清醒而坚硬
飘在风中

海阔天空的日子
我用一只黑鸟捶打你
我用每一片云
刺穿你

# 夏日

夏日高烧
在我痛苦的时刻
读希梅内斯的《小毛驴与我》

对着淡白的天空
落叶很盛大
雏菊清澈地绽放

生活是一堆骰子
此刻，我亲吻着你绿色的乳房
你，沉默如天体

# 梦之诗

梦里感知，Lea 静静躺在
一本小说之中

Lea 存在于每一个音符里
沐浴着 Lea 的旋律。我的心灵
跟 Lea 一样没有止境

凝注着我朦胧的轮廓
Lea 的喉咙真寂寞
无计可施，无路可走

Lea 是一只披满鲜花的野兽
它渴望撕碎我

# 一日蜜光

我们偷一日蜜光
赠予游天杰先生
他是一个诗人
从不随波逐流
总是准时吃早餐

# 在文布村

轻轻地泛舟江上
我喜欢那黛青色的山峦
雨过天空下的画面
云朵白如棉絮

夏日的湖心岛
嬉戏的涟漪
我们安睡在云彩间
倾听这浅蓝色的日子

# 小而美

风小而美
字小而美

瓜果小
而美

初雪小
而美

一碗饭小
而美

我喜欢她的样子
小而美

# 没有你的日子

没有你的日子
我向往破碎
云彩消逝之前
一朵玫瑰将我击倒

没有你的日子
时光像漫长的棉絮
有时难以入睡
我抱着书本以自慰

没有你的日子
爱情被完美地
装进一个方格子里
我把它变成诗句

# 日复一日

早晨醒来，阳光紧抱
一片斑斓的世界里
重新开始的金色的日子
一条樱草花路，浅浅地
讲述一个繁茂的故事
我写下青草的诗句
在这荒诞残酷的世界
我用一支笔挽留青春
在春日边界，梦的入口
我抵达自己的内部
缓缓爬行的欲望
敲击我打盹的灵魂
当白日梦变成一种语言
我这一生，永恒也不够

# 午

旖旎的下午，天穹一片明朗
野草菲菲的夏季
洁白的山麓飘满阳光

梦日漫长，酒让我清澈
我躺在葡萄架下
聆听鸟鸣和空山
翠竹摇曳，繁花似锦

我在此隐姓埋名
就像马拉美的诗句
“骑马飞跃忧郁！”

# 夜宿芷钟山

山岗之上
没有灯火，夜色中
唯有旷野和我们的笑声

在漆黑夜幕里
我们围在篝火旁，触及
虚无和天宇

此刻，一颗流星划过
一道光亮消失
在新开刃的眼睑

# 枕草子

起风了
想你宁缺毋滥
念你落叶纷纷

薄凉的时光
曝晒着
我们曾经的爱情

# 那风性感

风在吹
壮丽的落日
在广阔的锥尖上

风在吹
松果和鸟鸣膨胀
一堆白骨映成落霞

风在吹
我亲吻她的身体
英雄般裸露我的强壮

# 内心陆地

我们相遇
读陀思妥耶夫斯基

你轻轻地一瞥，如春天解开
（以巧妙神秘的触觉）她第一朵蔷薇

我的生命合拢，很美地
骤然地，泛起涟漪

正如这朵花的心脏在幻想
雪啊小心翼翼地四面下降

# 你是这世界给我的最大慈悲

当落叶开始逃避追捕
亲爱的，我想亲手
为你制作一本诗集
我要选择一个晴天

在一个特明亮的午后
用阳光、鸟语、窗子
用每一朵花每一片叶
用最美汉字给你写诗

我的爱不显山不露水
像夏天的星光般透亮
我的爱清新但不脱俗
像秋日的稻谷般清香

我爱你，就像碘酒上
那一枚清澈的火焰
我爱你，就像剑刺落

那一颗花间的雨珠

我爱你，如鱼得水
我爱你，如青山空明
我爱你，如燕子般崭新
我爱你，如同热爱真理

我对你的爱凌驾于一切之上
你是这世界给我的最大慈悲

# 第三辑
# 写什么都是在写诗

# 南华寺

一枚月光跌落
在路中央起舞
小径上的黄叶
奔跑如佛

# 尘世

我不想爱
却不顾一切地爱

我锲而不舍
我又不得不舍弃

我无法选择
是选择选择了我

落花绚烂
江湖之远

我纵身一跃
有幸成了风

# 诗

太阳
芬芳
风和雨

电线
野花
兽骨

夏日
相册
薰衣草

玫瑰
绽放
如诗

# 百寿县

今晚在微信上看到
一个 24 岁的诗人自杀了
有人在报纸上发文悼念
称赞这个中国诗人
写出很牛诗歌的诗人
终于完成了他最后的一首诗
那就是跳楼，自杀

接着我看《走遍中国》
广西桂林有一个百寿县
活到百岁的老人比比皆是
镜头前，一个 106 岁的
老奶奶在菜园里种菜
她身体硬朗、笑容灿烂
我真被这个老人感动了

如果我能活到这个岁数
会写下多少美丽的诗篇

# 宛如

宛如洁净的你
爱憎分明的你
无所畏惧的你

高贵的你纯粹的你
绝望的你愤怒的你
邪恶的你美好的你

万无一失的你
无情无义的你
战无不胜的你

# 写什么，都是在写诗

哦
奇迹
发生了
再慢一些
阳光很灿烂
这冗长的白日
白玉兰齐声绽放
生活还是很美好的
写什么，都是在写诗

# 阿喀琉斯

在我失控的夏季
星辰撞击着血管

浩瀚的地中海正午
散发着蓝色毒素
数数我们的日子
有着光一样的阴影

在悬崖和岩石间
轻盈的海鸟
巨大的海螺
吹出我们初识的风情

十年战争结束
新娘也已成蜡
我第一次置身于烟云之外
看这片海

犹如醒在梦中
日光闪耀深蓝

# 比如

比如寂静就像是寂静的
比如赞美风而不是芦苇
比如往事清晰
爱如兔子般逃走

比如拨正反乱
比如指马为鹿
比如心见眼未见
比如装满房子的谎言

比如我的脑袋是一辆机车
比如一朵云把我拧干
比如像闪电一样快
比如一只猫被老鼠害死了

# 谎言

坚持写诗
你会越来越年轻

# 游戏

游戏重复一遍
规则再讲一遍
记住关键之处

不必谈原因
不必谈失望
要多谈未来

要抵制堕落
要热爱光明
如同热爱黑暗一样

要学会重新开始
绝不能脱离游戏
更不能违反游戏规则

没有了游戏
就没有一切
要热爱游戏

# 它

它是一个无法甄别
或命名的物体
它在飞翔
它在宇宙中游弋
它不时吹起一阵阵飓风
它闪烁着光亮
每一束光，变成几秒的孤独
它包含无尽的疼痛与希望
它无处不在
甚至存在于每一枚焰火中
它无限地
接近于寂静

# 无题

在一百层高楼上
系好弹跳绳
头朝下
跳下

到底了

你没死
我们把它命名为
“自由落体
诗”

# 止于

止于想。止于看。止于疼痛
止于时间。止于草木
止于火。止于土
止于猫。止于梦

止于喊。止于哭。止于祈祷
止于诅咒。止于永恒
止于石头。止于沉默
止于我微小的心

# 苍白

我说当诗人的风险太大
从没想过
每个诗人都以为自己光芒闪耀
这个我认同
可诗人们如此卑鄙
这也认同
村上春树才是世界上最伟大的作家
为什么
因为他本本小说都卖钱
哦
还有他坚持每天长跑且感情专一
哦
你最喜欢的作家是谁
布考斯基
为什么
他写了《如何成为伟大的作家》
怎么写的
爱很多很多女人喝很多很多酒

你认同吗
我喜欢他的苍白

# 狂歌

一切都结束在一个热狗摊前
阳光斑驳的午后，蝴蝶凶猛
房屋，树木，山峦和湖泊
秩序的囚鸟，那只温顺的猫
我在它鼻梁上乘地铁 6 号线

帝都已是秋天。一个小二的
惬意午后，把诗集重读一遍
光阴真很静。好像高处的云
好像我的心像麻雀一样宽广
我丢掉了辟邪符，信守约定

花开遍地的小野菊，像雨点
一样绽放，让我醉得飘飘然
让我崩溃！一眼也望不到边
又烫伤了我的嘴，我不能说
永别了武器！凭我一己之力

我不能说永别了武器，真的
我不能说永别了武器，真的
不要不相信我，我真不能说
永别了武器，凭我一己之力
我不能说没法说永别了武器

# 有一种枪

有一种枪，今天杀了他
明天也可以杀死你我他
杀死你的父母，我的儿女，他的爱人
杀死他母亲的儿子，他儿子的父亲

有一种枪，叫“躺枪”
那是有人从上面开枪
或者有死者从地底开枪

有一种枪，你在东边开枪
我朝西边倒下
这绝对是背后一枪
而背后的背后永远还会有枪

# 你除了悲伤一无所有

此时此刻
你除了悲伤一无所有

谁不把悲伤当成悲伤
那是可耻

谁如此轻易地展示悲伤
那也是可耻

谁问悲伤的缘由和感受
那更是可耻

谁没有过悲伤
而你除了悲伤一无所有

最后，悲伤抹去悲伤
然后你开始快乐起来

# 告别哈根达斯

每当想你时
在一个苦吻中
我的哈根达斯
入口即化

啊，饥渴的甜蜜
占据了我的心
我不懂什么是爱情
我只想要你

我任性地想要你
在这诀别的时刻
时而阴云密布
时而阳光灿烂

现在你要走了
像一个背阴点
像一艘巨轮一样

无法抵挡

再见，再见
从此我们天各一方
你的哈根达斯
在舌尖上融化

# 白鹿

今晨我梦见了白鹿
在漫漫雪林间
它迎着朝霞，引颈长鸣
仿佛沉思，它四脚直立
身上没有一丝尘埃

清晨吹来的山风
朦朦胧胧，它的面庞
如沐睡梦，它芬芳的
角枝，熠熠发亮！
它全身如同皑皑白雪
它呼吸着树木清醇的香气
它闪烁在雪林之湖上
与四周浑然一体

就在那咫尺之地
我们默默相视着
如同昔日的知音

它的目光洞彻我的灵魂
我感到一种神秘的
美，和它一起，陶醉在
这孤寂和静谧

它一步也没有朝我靠近
它的瞳孔映着我的身影
雪光飘落在它的脊背上
清寒之气在它体内郁结

仿佛它死之已久

# 写给一个陌生的女孩

谈论起金色爱情的季节
我的记忆
失落在三叶草的梦中

伴随着寂寞生存的欲望
我在寻找自己生活的自由
我如此努力地寻找

在那些消逝的日子里
你是我的光明、青春和未来
我对你的每一个眼神

都饱含狂热的情感
流泻着灼热的芳香
我想向你讲述爱情的谎言

我怀着土生土长的感情
牵恋着你

就像粗犷、新鲜的阳光

你很难知道
你是我内心的语言和唯一的忧伤
你那微妙的火焰还在我心中

我不在乎用沉默来解释它的含义
我溺死在你的目光里
除了爱你我没有别的愿望

我用夏日和秋草
写下这首尘埃之诗

每一行都是爱你的证据

# 读博尔赫斯

有一种崇高的黑溃散成群星
有一缕偶然的光审判我所需之词
在宇宙的某个角落，徘徊，仰望
天光的甬道，迷恋于一种伟大的倾听
一种坚硬而壮丽的存在

落日的余晖中，恬淡幽暗的花园
你合上的书本有一种梦境的回声
落入空荡的街道，在布宜诺斯艾利斯的黄昏
我的思绪开始漫步，灵魂
敞开在一处盛满月光和玫瑰的风景

这深邃的夜，我懂得神秘是永生的
通过点金术，时间的废墟，镜子
从另一面虚构着来世。这位头发花白的老人
我看见他孜孜不倦地重写过去的著作
夜阑里，挂钟的叹息打破这寂静

而历史，层层的黑圈，慢慢下沉
如微暗的烛光落在地板上，并不泯灭
冗长乏味的岁月，蜘蛛用丝网称量着睡眠
编织出匪夷所思的迷宫，结束了又开始
最后，老人闭上眼睛，什么也看不见[1]
终结之处，是另一种开始

① 博尔赫斯（1899—1986），阿根廷诗人。因晚年失明，他在一首诗中苦涩地写道："他以如此妙的讽刺／同时给了我书籍和失明……"

# 枕秋

我有一首诗，家喻户晓
在遥远南国，我的故乡
在湖边，在街上
在林荫处，在散步中
在阳光充足的角落
在校园，在广场，在简易厂房
人们不停地读着它

这首诗总是风度翩翩
迎着第一缕晨光
出现在小学生中学生大学生的课本上
在我们的睡梦之间
照亮每一个人的心房
因为这首诗
我成名了

我每天拿出这首诗
接待四方来宾

接受采访
谈笑风生
享受油光灿亮的时刻
如痴如醉

有一天
窃贼偷走了这首诗
我伤心欲绝
我如此孤独
我想念她
我一直在寻找
打听她的下落

直到三十年后
在一间名为
“枕秋”的咖啡馆里
我听人再次读起这首诗
我已经老了
我唯一的愿望是
让我和她
单独待会儿
默默地看她几分钟

# 沉默之诗

我将记住众神逝去后的黄昏
在此前，我只记住了樱桃
和你的笑容，倾国倾城

我将记住银杏树闪耀
从古至今，一样伤感的落叶
和一草一木的声音

我将记住，人生譬如朝露
那些无法挽回的败局
和我还想歌颂的事物

我记住莲花在湖心绽放，记住
写在纸上的恩怨已绝的字迹
记住所有鸟鸣和流云的月光

当我记住那些伤痛因善念而光明
记住时间就是我们的靠山
我就可以安然地死去

# 第四辑
# 我们像山羊一样芬芳

# 阳光很好

你，粲然一笑
那可爱的虎牙
比落叶林更美

# 一首诗

一条鱼
飞在空中

一朵云
飘浮云中

一头羊
徜徉在虎口

一穗麦
生长于绿波

一首诗
就这样诞生了

# 勿忘我

黄昏时分的原野上开满了勿忘我
这浅蓝色小花让我想起远方的你

# 小镇上

小镇上的
石径上的
烟囱上的
天空上的
云彩上　有一只跳蚤

云彩下的
大树下的
落叶下的
青草下的
地面下　有一只死鸟

# 白玉兰

初夏，白玉兰
最初的光，洁白如纸
穿过迂回明暗的风景
以一种透骨之力
我们终于相逢了
父亲，我低处的父亲
战争是从前很久的事
如今没有战争了
往事温婉，我不再是个孩子
静静驻足这玉兰树下
一阵热风，让最初和
最后的花朵一起燃烧
交叉的命运承载了
多少苦痛的排列组合
在这干净世间，我不知道
我们是谁，我们姓什么
我们就这样，自始至终
没有历史地存在着

# 枪

一枪在手
胜有无数枪在万里之遥
枪打出头鸟
有枪不是为了赢而是为了不输
瞄准一万次不如开一枪
枪无止境
要像枪一样奔跑

# 沉默者

不要说话
老者对我说
为什么
不要说话，别提问
为什么我不能说话
不允许说话
即使要说话也不是现在
要尽量避免说话
为什么，为什么
因为说话为时尚早
要考虑说话的时机
并不是不准说话
是不要马上说话
沉默虽是消极之举
但现在不要说话
最近不要说话
不要马上说话

# 自制台灯

灯光里《寂静之道》
一抹新绿

就像桃李不言
樱花有樱花的美

自从我不写诗
便充满了诗意

赞美或背叛
不取决于我

以虚无之名
到底意难平

自制的灯光
把夜还给黑暗

温馨和诗意
留存我们心中

注：五一节那天老家的光管坏了，我自制了这个台灯，那晚在这盏淡绿的灯光里看书，感觉特别温馨和富有诗意。

# 一颗诗心

“秋日无边，苹果晴朗。”

稍停片刻
小侄女在日记里写道：我们像山羊一样芬芳
看着她脸蛋上蓝色的静脉

“你真是那样想的吗？”
她莞尔一笑，一颗洁白的诗心
在阳光中闪烁不定

# 叶芝

每次我读叶芝
最反感的是他曾无数次
向激进分子茅德·冈求婚被拒
这只受伤的天鹅到死
也没有得到丽达爱怜

我一直在想
大诗人毕竟不是上帝
他没有万能的法力
只能握紧手中之笔
写下最伤感的诗篇

只可惜这些最美的诗句
都是写给那个妇人的
她还说，世人会因为她
没有嫁给叶芝
而感谢她

# 小窗记

小窗上的一片干净的蓝天
若隐若现的云
羞愧而洁白。在远方
有流水惬意和小山的笑姿

现在，透过小窗，除了蓝天
和缓缓飞旋的落叶
什么都看不到：耳边，一只鸟儿
啼鸣，撕心裂肺

# 星辰之书

我在窗台看书，只见田园
平静。漪涟轻笼
我旧日的忧郁
在四月的歌声里

骤雨初歇，所有的
景物，天空为之一新
我们穿过落花小径
清幽的桃树，淡彩明丽

黄鹂鸣啼，蜜蜂围绕着
山涧的灵气，阳光飞泻
空气清爽，你朦胧含笑
一切真切而又恬静

在雨中漫步
我们感受着芬芳

细腻的诗意
你看水，它流逝

婆娑的微风
音乐也合不上《诗经》

中午十二点
我骑马走过山谷
日光和孤寂
逃窜的
鸟群
犹如细微的诗行

在这片熟悉的土地，快乐的午后
我们一同捡拾柴薪
走入斑斓的阳光里……
脚踏枯黄的竹叶，长满绿苔的石子
木篱笆，自然的竹林空地

我们决定在这里建一所房子
在里面编写轻快的诗章
她喜欢把家围起篱笆

因为那是一种完全的幸福

在宽阔的竹屋中
夕阳里，敞开的窗户
一本书，一叠纸
从抽屉里发芽
躁动不安的感觉

这只触摸的手
在思想的交汇点
一切皆是虚无……
留给你的
存在包含了整个世界

油菜花开的季节
漫步阳光
田园景色辽阔
沐浴着湖、树和山
多么轻盈

燕子贴水飞过
新绽的雏菊
一切都无言

你清新可掬的笑容
使人想起小鹿

我喜欢月光之夜
在你洁白的玉岛
忧伤的波浪
包围

我们
睡梦的容颜
将我们
相融

在玉兰香的夜色中
玲珑的月打开心灵
我已陶醉于
书写你颦眉的动作

故事性的温水
优美悦耳的发音

与时光独处
我沉思，透视自己

你的纤手
把海洋给我

在春日的午后
光线朦胧

蜜蜂们在劳作
蝴蝶在芳香里轻飞

叽叽喳喳的山雀
荡漾在你的涡纹

芦苇鸟压弯了
我从未感到的寂寞

我们带着钓竿和书
坐在河边草地上
黄昏柔美的光线
散落在芳草萋萋的河岸

临近五点钟
悠悠的白云

在天的尽头
似漫远无边的羊群

在漆黑的夜里
我的手指碰到你，就会感到孤独
灯光，这般温馨

夜晚不能等待，我孤身一人
我曾经在玉兰树下发誓
我们没有婚礼，清新的花环和戒指
长大成了我们的谜团

往昔是一只鸽子，飞落我的肩头
我们坐在屋顶
黄昏用轻轻的画笔描绘一片天空
霞光里，那白色的鸟儿
在柔和的天色上划出
向晚的思绪

我们身体舒展、沉睡，在苇风之上
远处，稀落的星星进入梦乡

当寂静降临到我脚上
你美丽的双眸
分担我的贫瘠和劳累

枕着玫瑰安眠
你裸睡在回忆的蜂巢

我沉思的眼睛
抚爱你的红晕

我们相互吮吸

她绘画日光和树
环顾四周，木色葱郁
湖光在树林间闪烁着
大地在我们脚下
清淡的色彩
透过画笔倾听它们
浅滩上的一些杨柳
已飘到风之外

这是一片年轻的树林，天空
被湖水充满。这与世隔绝之处
此前我从未来过。安静，清新，宽绰
树林边，绿茵如毯，点缀着闪亮的野花
来到这里，我们可以大睡一觉

古老的气息里，生命这般华丽
一种旋律，繁水漾起微微的漪澜
几只蝴蝶栖息在野百合上
那柔曲的泉水来自天国的梦之湖

这浪漫春日，抚摸身边的书脊
这是我的草地和诗句。鸟鸣像睡梦一样
而随风吹来的花香驱散我的睡意
我再一次眺望天空，四周是悠悠的寂静
黄昏被瑰丽的晚霞笼罩成一座坟墓

打开书的黑夜
睡入月光的梦境
蓝色的烟雾越过山涧
夜间的凉风
随意徜徉

月色柔和的光辉

逐渐冷却的竹席
在天籁中
我们的窗子与星辰
一线相连

寄身于午后之书
秋叶之浪，以诚实的姿态
信手涂上几行诗句
你将信鸽抛向蓝天
渴求重温一个小小的争吵
清凉的晌午
充满鸟语花香
充满甜蜜的光
透过窗子，我看见
一只蝴蝶飞进我们的窗户

没有音乐
温暖的夜
窗子开着

在静静的
起床点灯
朦胧的光

手臂空虚

缺乏光泽的脸庞
扑展黑夜的翅膀

我在一首古诗中读到
夜、雪、竹林
落叶燃烧的红篝火
夜空没有一片云翳
你永远也想象不出

我们虚构的河流和果园
在这块孤寂的土地上
乌鸦在耳边喧嚣
时间还在流逝
我珍惜孤独，却又害怕寂寞

# 有一种失去

有一种失去，即是诞生
有一种热情，就叫洁白

有一种遥远，亮得发蓝
有一种目光，晒成了盐

有一种速度，并不匆忙
有一种停歇，从不止步

有一种洁白，就叫热情
有一种失去，即是结束

# 如雨絮语

读着这些诗句，下雨了
细细雨丝落在栀子树上
落在香州的屋瓦上
落向平原和小镇
落向你去的远方

第一次，我置身雨的边缘
越接近丢失的梦境
景物在雨帘之外
我不知道什么东西
正被深刻地改变

这忧伤的雨水，幻即成真
落向一些流逝的光芒
落在你梦中的雏菊
落进我温暖的词语
落在寂静之上

无法抵达。读着这些诗句
雨，莫名其妙地消逝了
米沃什的诗句尚未读完
“我感到我正在消失
并快乐地哭泣！”

# 概括

像肉体一样大的风
像猫似的蓄满的美
像刚洗晒过的床单
像砒霜一样的阳光

像一只蚂蚁搜寻着食物
像铁轨举起我的旧情人
像清风弹奏佛性的空间
像夕阳安静地欣赏芦花

像一只飞起的铁锚
像木杵落入石臼中
像逃脱劫数的牙齿
像我毫无防备的心

# 风景

夜色，窗户。田野敞开
风轻柔的，月光抖落白鬃
宁静的思绪充满了乌鸦

在这缺乏音乐的夜晚
聆听，远方的一片旷野
上千匹野马在我身体展开

# 触摸

早晨，我躺在深草的眼睛里
明净的日子，我可以听到
没有一个人的脚步
就这样静静地躺着
在静谧的阳光中
野蜂在花丛间嗡鸣
树脂散发着清香
水波、塔尖和草地的寒意
愿你和我待上一小会儿

亲爱的读者，假若你来寻找我
翻阅我的《时光字典》
你将和我一样思念这一切
因为你爱上了沉默的我
并享用我生命的每一个瞬间

注：《时光字典》是作者出版的第一本诗集，2014年由长江文艺出版社发行。

# 读史

终于，我的心空如祭坛
进入一个未经审判的时代
世上已经没有了鸟
只剩下乌鸦

# 失眠之夜

失眠的时候，总想起一些
美好的事情。万物安睡
一个人替谁，守护黑夜
梦里偷光的人没完没了
这个失眠之夜，闻着蚊香那淡淡的清香
我跳出三界，却没能逃出如来佛
的掌心。我佛慈悲啊
失眠的时候，每一个毛孔都检测到
黑暗和恐惧。我一遍遍
看精卫填海，如负盛名
一个人失眠多年，终将被它所败
但今夜我没有失眠，是睡醒了
用自己的羽毛
写了首诗

# 一个人，仰望星河

一个人站立在大地上仰望星河
迷失在自己体内的空旷
不是夜色
不是穿透屋宇的脚步
不是风拾级而上
万籁俱寂
夜在流动
城市在流动
书写的纸张随词语流动
世间万物都在流动
一种漆黑，黑
黑如苍穹
黑如祭坛
黑如梦呓
黑得像隧道一样坚实
在我体内，这一种黑
没有光线的黑
如钟一般的黑

密集涌来

在比夜更辽阔的旷野中

时而缓，时而急

# 黑马

长夜漫漫，为失眠所苦
目光中黑色的马匹
在夜晚篝火旁，明亮而温暖

虚无穿透了它乌黑的躯体
孤独和无奈，收归于它
把看守的黑瞳孔放进冷光
浓重的落叶和老虎的颜色

当地平线消失，一座山
坠落，进入一个隘口

若即若离，它静静地伫立
在黎明和原野之间，流过我的指缝
一缕光芒将要来临

黑马呼吸着的骑手
驰出它的眼睛，以及遗忘
遗忘，遗忘

# 第五辑
# 历史人物系列

# 绝缨会

某天，有人向楚庄王进言：
“舒国国王有一个女儿，
名叫许姬，美若天仙，
已非言语所能形容！”

楚庄王立即派大将唐狡，
连同数万军队前往征讨，
很快，舒国被灭了。
见到许姬后，将军立刻被迷住了。

他没有直接班师回朝，
而是让军队驻扎在一片绿林中。
他欲火焚身，扒光美人的衣裙，
抽出宝剑指着她说道：
“如果不从，就得死！”
美人无奈，只能顺从。
她在与将军激情时偷偷地，
揪下了他的盔缨。

回到楚国后，许姬握着盔缨，
将一切禀告了楚庄王。
庄王大为震怒，但很快陷入沉思：
“我被权力和欲望冲昏了头，
才会做出不义之举，换来的
必定是将领和国人的背叛。
这种因果循环必须终止。”

于是，庄王立即召见唐狡。
他对这位大将说：
“由于你此次出征舒国有功，
我决定把美人许姬赏赐给你。”

七年之后，楚庄王兴兵伐郑。
不料被郑国的伏兵围困，
在十分危急的时刻，
大将唐狡单人匹马冲入重围，
以死相拼，杀出一条血路，
救出了楚庄王。

论功行赏时，唐狡辞谢说：
“臣蒙大王不杀之恩，以德报怨，
所以今日舍身相报。”
庄王听后不禁感慨万千。

# 伐林尽目

徐庶要走了
刘备送了一程又一程
刘备哭了，说：元直这一走
我也将隐遁山林矣
身边的关张赵很不爽
刘备又说：我真想伐尽这片树林
众将问：为什么
刘备说：我恨它阻断了我望徐元直

# 曹操

曹操突发奇想
把耳朵
贴近乳房
去听听另一个世界的
声音

每当妻子睡着
或转身过来的时候
他便将耳朵贴在
那欲望的小山丘上

突然间，他的耳朵如触电般
另一个男人的声音传来
那吮吸乳头的速度
如此粗暴
如此放肆

这个声音里的男人

是他从不认识的人
也不是现实中的任何一个男人
极有可能
是他尚未出生的父亲

# 孙权

不想江南春夜
如此令人战栗

只要心不动
驱动我体内所有的痛觉
也无法想象江山有多美
你有多美

就这么一句话
那么多人头就落了地

春光旖旎，漫溢的花
进行着无罪辩护
数黑论黄
看桃花剑走偏锋

# 周瑜

多年未见
“不好意思，我先弹一曲”
操勃然大怒

看着小乔舞动的腰肢
赤壁好像更热了
望着红颜的倒影
却够不着她的身体

周瑜胜了
小乔嫣然一笑
我爱你
小乔

# 黄忠传

他出生了
他当兵了
他百发百中
他无箭射关羽
他斩杀夏侯渊
他晋封五虎大将
他不幸离世了
他的经典名言：
“竖子欺吾年老！
吾手中宝刀却不老！”

# 隋炀帝

史料记载有些夸张：
此地皓月如针

天阶如水的夜晚
皇帝在池中照见了自己
状如奏折

大业末年，晨鸡哀鸣
十四年的抑郁
他已经伤透了心

开运河，征高句丽
面对沦陷的江山
他情愿无心也无耳

此时他独自欢宴
在梦里，江都月色皎洁
他的心已无喧嚣

逃离了

那颗羞愧的头颅

# 萧后

萧后历经五帝而不衰
她十三岁嫁给杨广
三十八岁被宇文化及霸占
四十岁被窦建德纳做妾
四十一岁沦落为突厥可汗爱妃
四十三岁又被老可汗的儿子
继位的颉利可汗接收
四十八岁终于回归唐朝
被英主李世民纳为昭容
这些都是野史里虚构的
我查正史里的记载是：
萧后比隋炀帝大两岁
她十六岁嫁给了杨广
三十九岁被册封为皇后
五十二岁被宇文化及霸占
五十三岁被窦建德礼遇
同年处罗可汗把她接到突厥
一年后，处罗死，颉利继位

六十四岁这一年唐灭突厥
萧后被唐太宗迎回长安
安享晚年，八十一岁逝世
除了岁数对不上，我认为
野史记载还是比较可信的

# 武则天

牡丹赏遍了
浮尘中，美人迟暮
尖利的阶级刺破了她的心
阴柔细雨印在
她近无血色的脸上

一念之间，心一冷
兄弟砍下兄弟的头颅
剑锋是洗不尽的春色
一个朝代
消失于她的唇印

有了缘分
你才能篡改我的江山

# 徐世绩

从
自己
大腿
割下
一块
肉
并
塞进
他的
嘴
从此
我
改名
李绩

# 新《长恨歌》

我的妹妹赤身露体
美若梨花，她步履轻盈
向我走来

在华清池的微澜中
她滑腻如脂的身体
舞动着一个锈迹斑斑的帝国
若非安禄山之故
我愿与她长相厮守

一骑红尘绕骊山
是我怀里的崩离之象
一抔黄土落在
她的乳峰上

“陛下，请吻去我颊上的
脂红和灼痛！”

# 白居易

白居易来到了浔阳江
在船头放一只小火炉
在远离皇都的高远天地
就着米饭，烤红色鲤鱼
而且还有酒，感怀相遇
如他所言“能饮一杯无”
他只是个写诗的隐者

# 晚唐逸事

木格窗外，春色欲滴
染指桃花
伤口灿然盛开

登上高楼，眺望
如酥的小雨
芦苇和野花

淡绿如焰的草色
一叶渔舟
让野鸭成群飞去

戎马一生后
一个朝代
消失于眨眼之间

# 朱元璋

和尚君主微笑着
轻轻一捋
多少人头落了地
对贪官他下令
抽去他们的筋
剥掉他们的皮
刷洗他们的肉
晾晒他们的骨

洪武年间
为了逃脱刑罚
多少人想辞官
装疯
吃狗屎
清官也不放过
他们可能暗地里瞧不起
大明王朝

为了儿孙们
为了江山永固
作为皇帝
他情不自禁地
编著《大诰》
玩弄官员
宁枉勿纵
他的心已失去知觉
唯一的底线是：
杀尽贪官
世界清明

就这样
他举起屠刀
度过一生

# 乾隆

乾隆南巡
游山玩水

他梦见一条绝美的鱼
胃口很大
这天下午，一个宠坏的男孩
躺在皇帝怀里

杨柳在烟缕中
聆听着雨的奔泻声
一把未演奏的乐器
撩开春日

溪谷飞来一只鸟儿
进入最初的世界
良宵难得，他为男孩
盖上皇帝玉印

水色悠然

涟漪如初

# 山月记

为了江山
你的心空无一人

桃花竞开
挡不住流年似水

胃里的酒
多么苍白无力

光风霁月
穷则兼济天下吧

# 第六辑

# 猫

# 猫来了

猫缓缓地，安静地来了
在一个无眠之夜
它摸着石头过河而来
清清楚楚，明明白白
一只美好的猫
在我枕边，聆听广阔的心跳

猫来了，猫真的来了
沐浴着早春的光
它脚步灵敏
给阳光抹上淡淡的彩色
快乐的生活呵
留下它轻盈的足迹

悄悄地，猫之美
愈合了我心灵深处的伤口
在殷红的血液里
在群鸟的婉转啼鸣中

无数花瓣，洁白的、淡紫的
飘落满地

我已经找到一条上山的路
它在静寂中召唤着我
世界如此冷漠，为什么？
我的心，却默默地呼唤着
猫，已经来了
来到人间的每个角落

# 我的猫

我的猫是水做的
细腻可爱，宛如一只手臂
在水中，猫是缠绵的柔荑
猫的眼睛是插在心头的藜蒺

我迷失于猫
我在猫的掌中如此湛蓝
猫很孤独
让我也孤苦伶仃

猫是雪
未曾给过我色彩和味觉
猫是一束阳光
它的形状是一支起伏的乐曲

猫微笑着
我也微笑着
猫走向我
我渐渐失踪

# 春日和猫

我喜欢春日
我喜欢春日的花
我喜欢春日阳光的烂漫

我喜欢听儿子吸奶的声音
这个春日，阳光是绿的
静守着一份时光

我喜欢做一个深居简出的人
我喜欢在几平方米的书房里写作
这咫尺内才是我的美好人生

总之，我喜欢春日
我喜欢在春日的早晨
读一本猫的书

# 一只猫

一只猫
没有名字
活得孤独
败絮其表
金玉其中

一只猫
一贫如洗
它心里想着你
却不知道
拿什么爱你

一只猫
喝着廉价酒
抽着普通烟
它对诗发生了兴趣
抵抗着庸俗

一只猫
心灵晦暗
它一年四季
都在称量每个人
心里的阳光

一只猫
它设法进入你
如此温柔
如此美好
如此强烈
不次于
天使在飞翔

# 一只吸烟的猫

我不吸烟
但我的猫
吸烟

它将烟吸进
从我的身体呼出
它闭上眼睛
做着我的梦

我头脑混沌
我的猫却头脑清醒
在烟消云散的时刻
（猫不经意间展露笑容）

猫然销魂啊
就在那一瞬间
我爱上吸烟的猫

从此，我的灵魂有了烟火味

# 猫相

猫就像心
猫就像命运
猫就像女人
猫就像美
猫就像理想
猫就像阴影
猫就像诡计
猫就像麻绳
猫就像毒品
猫就像水晶
猫就像灵柩
猫就像海岸
猫就像风暴
猫就像腹部
猫就像绿洲
猫就像小船
猫就像激流
猫就像寒风

猫就像光
猫就像网络
猫就像书
猫就像雨雾
猫就像椅子
猫就像歌声
猫就像爱
猫就像绝壁
猫就像圆圈
猫就像轨迹
猫就像花

# 猫的孤独

猫的孤独
大如天空

没有任何孤独
比猫的孤独更大
更单纯更幼稚
更灿烂

猫的孤独
长度和我的一样
广度和我的一样
深度和我的一样

猫的孤独
近在咫尺
像凌晨的街道
像抽空的血管
像充饥的诗句

猫的孤独
越来越无法抗拒
举起我，同化我
将我放逐在
浩瀚的星系

# 黑猫

黑得像黑色幽默

# 猫时代

猫就是奇迹，是上帝。
我们生于猫，死于猫。我们为了幸福膜拜猫。
有了猫我们就拥有了一切。
猫有钱，有势，有能力，用强劲的手掌控着我们；
在猫里我们感到充满了温情。
我们只有一种尺度——猫的尺度！
猫是一种神的恩赐，在广袤的土地上，
我们用猫呼吸。第一缕晨曦展开在猫里！
在书籍中，在文字中，在游戏中，
猫是一种启示，是诗。我们在猫中散步，调情、恋爱！
不懂猫是肤浅、无知、下贱！
猫充盈着我们的生命，猫是我们赖以生存的空间。
我们用猫性交，洗澡，做梦。
我们用猫读书，画画，听音乐，什么都是猫的作品。
我们用猫喝酒，治病，护理伤口。
我们用猫屠宰，耕种，收获。
我们用猫买东西，讨价还价。
我们用猫去打仗，消灭敌人。

我们用猫建造房子、宫殿和太空。
我们用猫处理捉摸不透的混乱的人际关系。
我们用猫欣赏风景，享受快感，挽救过去的时光。
我们用猫来浇灌苍白的心灵。
我们用猫来感受孤独和生命中浪漫的历程。
猫教我们了解事物的内在意义，
并为其命名。“猫是一切的能量！”
猫是精确的、强烈的、具体的、有节奏的、意味深长的……
如果你想看清世界，就需要一双猫的眼睛。
猫平滑，白净，十分轻柔，宛如蓝色海岸。
猫的笑颜完美无缺，神秘、透明，像多愁善感的艺术家。
猫是夏日、秋色、冬雪和春光。
猫是青色的平原、自由的风、深邃的天。
猫宽广得无止境。地球静静地安分地悬挂在猫上。
猫是星光，是我们疲惫眼睛里的美梦！
猫是我们的情人，以前从未爱过的情人。
猫里浮想联翩——晴朗的夜，
猫长着长长的獠牙，咬得我们浑身流血！

# 没有猫

没有猫
时间是一只老鼠

没有光
是你丰富着我的内心

没有爱情
爱情不过是遗失的鞋

没有时间
猫将是一只老虎

# 我快没有猫了

医生说
我快没有猫了
纠结啊
怎么我就快没有猫了呢
人人都有猫
单单我快没有猫了

医生说
猫分两种
一，我猫故我在
二，我在故我猫
这两种有其一种都行
可是这两种猫我都快没有了

医生说
没猫，就意味着死亡
而我的猫正在日渐减少
我就快要死了，在这荒诞世间

在熙熙攘攘的人群中
我不禁大叫起来

# 落花时节又逢猫

猫眉目清秀
猫表情温文
猫倒映在我的心湖里

猫是万事万物
猫是爱，是暖
猫满是溢美之词

落花时节又逢猫
或许换上另一种视角
猫，就是你

# 再见，猫

再见了，我的猫
不如不见

我厌烦你，我受不了你
我再也无法宽恕你
我不相信你了

你已伤透我心
虽然曾经我是那么爱你
但现在我不爱了

我用“伤心”橡皮擦
把你的名字擦去

# 附录一：语言的狂欢与解放

## ——游天杰诗歌的创新与突破举隅

文 / 吴子璇

诗歌是语言的艺术。史蒂文斯说：诗歌是语言之欢。毫无疑问，诗人是语言艺术家。游天杰不断地对传统诗歌进行突破与创新，不断地在诗歌语言上进行推翻与解放，在审美价值上逆传统而行。他的很多诗歌超越了读者对诗歌的理解和认识，具有独创性，这种独创性来自他系统且前沿的诗观。

正因如此，游天杰的这些诗歌一直饱受争议，赞同者视这种形式独特的诗为有突破性的文学作品，认为他带来了一场颠覆性的语言革命，反对者则认为这些只是别出心裁的文字游戏，缺乏可读性和内涵。但无论是赞誉还是批评，都无法否认游天杰是一位独辟蹊径的诗人。而我认为这是一个值得研究和开拓的领域，关键是读者能否接受，能否具备和游天杰一样先进的观念和宽广的胸怀。

2016 年，游天杰推出《光年》第一季，作为主编的他自选了这样一首诗，在此与读者一睹为快：

**抄来的诗**

踩!
我踩!
我再踩!
我用力踩!
我很用力踩!
我非常用力踩!
我用尽全力去踩!
就算鞋子烂也要踩!
就算腾讯倒闭也要踩!
就算天塌下来我都要踩!
要是天真塌下来我继续踩!
要是地面凹陷我不管继续踩!
要是踩到我脚骨折我也继续踩!
要是别人见了骂我傻我还是要踩!
要是警察敢过来阻止我就更加要踩!
要是你看我不爽我没办法还要继续踩!
要是你觉得感兴趣你也可以过来一起踩!
踩到地下水喷发造成洪灾损失惨重我还踩!
踩到火山爆发太平洋海啸我还继续往死里踩!
踩到阎罗王说制造噪声我叼根烟看着他继续踩!
踩到天昏地暗惊天动地泣鬼神我不管我还要继续踩!

最近，我才知道，这是一首从 QQ 空间留言上摘录下来的诗，逛 QQ

空间这件事，网友习惯称为“踩”，游天杰注意到了这段留言在形式上的独特之处，便把它复制下来，将其命名为一首诗。肯定有不少人认为它根本不是诗，但是，这首诗有渐增的句式组成的三角形体、强烈的节奏感和韵律、陌生化语言和夸张的语言、明显的情绪，它已具有诗的几个要素，包括诗的形体、诗的音乐性、诗的语言、诗的情感情绪，确实是一首完整的诗。

与这首诗类似的，还有《你听没听过这样的故事》这首诗：

**你听没听过这样的故事**

大鱼吃小鱼
小鱼吃小小鱼
小小鱼吃小小小鱼
小小小鱼吃小小小小鱼
小小小小鱼吃小小小小小鱼
小小小小小鱼吃……哎，真无聊

有读者认为这首诗很无聊，纯粹是在玩文字游戏。这有可能是一次文字游戏，它玩的是诗的结构和循环性语言，但它还有深层的含义，那便是表达了物竞天择、适者生存的道理，讽刺了当下弱肉强食的社会现状，读来竟是如此具有原创力和蓬勃的生气。

游天杰对诗歌形式的尝试是多样性的，每一个诗歌图像都有其内涵在里面，比如下面这首诗：

**你渐渐地变得猥琐起来了**

秋天来了
苹果开始圆了
白玉兰的白花不见了
黄叶在风中战战兢兢了

你渐渐地变得猥琐起来了
我们开始和肉体谈情说爱了
巴尔扎克的人间喜剧团圆了
你的双眼重新闪烁光芒了

黄叶在风中战战兢兢了
白玉兰的白花不见了
苹果开始圆了
秋天来了

题目如此玩世不恭，诗歌从“秋天来了”着笔，到“你的双眼重新闪烁光芒了”，再回到“秋天来了”。图像的文字所传达的含义，正是与内容相符合的一个半球：由地球的半球，到女体的半球，充满无穷的生命象征，女性的胸部是上帝的杰作，是天然而纯洁的美，面对这种美，“你”是猥琐的。这首诗把女人的迷人与神圣淋漓尽致地抒写出来，把诗人对女性的崇拜之情抒发了出来，也把一种与神圣相对的“猥琐”展现出来。

此外，游天杰对“猫”这个意象是着重书写的，他有一系列关于“猫”的诗，在《某一天》这首诗里，他仅用了一句话来表达，且是竖着排列文字的：

某一天

我
静
静
度
过
一
只
花
猫
的
午
后

有时候，诗意就是这么简单，一句话足矣。在这里，竖的形式又成功地引起了读者的注意。

游天杰甚至尝试将感性的诗歌与理性的逻辑结合起来，于是便有了《洁白的肉体》这首诗：

**洁白的肉体**

脑袋靠着墙 B 点，屁股靠着墙 A 点，双膝靠着墙 B 和 C 之间的一点，脚靠着墙C和A之间的一点，一种不确切的白色，跟地面混合在一起。就是说，脑袋靠着墙的A点，屁股靠着B点，双膝靠着A和D之间，脚靠着D与B之间，那同样地，这是一个女人洁白的肉体。

这首诗就像一道数学题一样，让人读它时会在脑海中展开设想，但它又指向“一个女人洁白的肉体”，游天杰在此将理性与感性相结合，严肃与低俗相结合，构成一首别致的诗。

游天杰也在思考诗意是否需要标点、是否分行这个问题。无标点的句子所表达的效果如何呢？他作出了一些尝试，且看下面这首诗：

**你的珊瑚和星雨在我乳牙上吱吱作响**

被单从床上站起而它的轮子拖曳着如此湛蓝的音乐在勿忘草的湖上使劲拍打在我的怀抱中鼓胀飞溅出滴滴星雨彼此陶醉的珊瑚从橄榄树上骚乱的枝条的芳香其形状在你跳跃的浪沫在我乳牙上吱吱作响

标点符号是辅助文字记录语言的一套符号，分行是诗歌的形式，事实上，关于标点符号和分行，有的文字需要，有的并不需要。而这首诗的意象十分丰富，即使没有符号，即使理不清，也不影响我们感受它传达出来的感觉，它的诗意仍然那么浓郁，它的节奏也未被削弱。从这个角度说，这首诗是非常有特色且成功的。

既然诗歌可以不需要标点符号，可以不断行，那么可否无内容呢？游天杰《无字诗》的出现，曾经引起了很多人的讨论：

无字诗

---

注：请不要盲信，试着咬破你的手指，点上血迹，或许这是一首鲜活的诗！

《无字诗》在诗友中颇有争议。这首诗，全文无一字，只有一小行注解写道：请不要盲信，试着咬破你的手指，点上血迹，或许这是一首鲜活的诗！有的诗友觉得颇有玩味，妙在注解上，有的诗友认为这是对诗歌的不负责任。武则天为自己立了无字丰碑，那是因为她的一生有太多的是非功过无法评说。游天杰写了《无字诗》，却证明了诗意的无限可能性。诗意并不局限于文字，它存在于广阔的天地间。游天杰的这些诗在诗界产生“争议”，在诗的开拓之路上，用他自己的话说是想“通过这种形式让诗的内容和外延有所突破”。

游天杰还有一首诗，早些年被出版社删掉，而今年却幸运地得以出版，这首诗叫《琴键上的诗》：

## 琴键上的诗

电视上顶顶顶顶顶
和你会面后
鱼鱼影影雅雅

经现场的 VDVJVS 充满
几乎快捷回复 V 大苏

上线赤诚相见脑袋上

你 V 刹就变成 VBVC
酷鼠大冒险

像宁静成个人体会
苦涩的风格
稳定符合高房价

猫否认你　那家伙
还未收到丰富
与往年

救护和快乐
困倦和光滑

加速胫腓关节融合术
你应该好吧

而我
野菊开欲稀

……

这首诗有着非语法、非逻辑、非经验的抽象字组构成形式，它是在键盘上随意敲出来的。游天杰将文字从语法的禁锢中解救出来，把没有逻辑关系的字组合在一起，让不同的字组产生新的张力，让文字发挥其自由的天性。在键盘上随意敲出的文字不受传统思维的控制，常常会出现令人耳目一新的组合。这首诗在表达上违背了常规的逻辑，它不是一首有主题的诗，在读这首诗时，只要从文字上来感受文字本身的含义所带来的感受即可，因为诗人可能什么也不想表达，他只想展示文字本身。这种无主题、非理性的文字组合，陌生、随意、奇崛甚至荒诞，带给读者前所未有的阅读感受。

我们大多数的诗歌创新，基本上没有脱离诗歌作为情感和思想文学的载体，尽管题材和风格不同，但是在思维方式的展示上大多是陈旧的，在文字词组的选择上是有限而乏味的。游天杰尝试打破这一局面，他让诗歌不再只是表达理性情感和思想的载体，让汉字呈现出鲜为人知的表达方式。

游天杰的无题诗集《野兽和花朵》的出版，代表着游天杰诗歌到达一个新的阶段。游天杰的诗歌素以其独特性引起读者的关注，他一直在创造文字新的语境，创造陌生的诗。如此热衷于创新的他在每部诗集的策划上花费了不少的心思，而这一次，他的诗集以无题的形式呈现，很大程度地去除了语言的敷衍，使整本诗集诗意浑然一体，也让诗意以最直接的方式呈现。他的诗试图颠覆以往文学惯用的语法、逻辑、形式和语言思维，具有较高审美的艺术价值。

# 附录二：浅评游天杰诗歌中的治愈向

文／罗晓琼

我不刻意贬低诗歌的价值，作为一个普通的读者，我并不奢求诗歌能在多大程度上发挥其意识形态的社会功能，也不渴求一首中意的诗如何能在漫长岁月中升华为经典——在当下的浮华社会里，能被几句简单朴素的言语打动，感受愉悦，足矣。即使这种愉悦是即时、匆忙的，对心灵的敲击却可以是重复的。实际上作为普通的生命个体，我们常能惊喜地在诗人的笔下捕捉到一种似曾相识的共鸣。

午后小憩
短墙外
二三小鸟

这节小诗用极其简洁明了的意象概括了一幕日常生活场景，我的想象不由得也跟着诗中小鸟在天上腾飞。私以为，诗歌能带给我们的最真切的东西，始终借以原始且不事雕琢的文字载体来呈现。比起华丽的辞藻堆砌，这种文字简练而意境深远的诗歌，更要求作者对万物具有敏感的嗅觉以及将文字运筹帷幄的功夫。如卞之琳的《断章》：你站在桥上看风景／看风景的人在楼上看你／明月装饰了你的窗子／你装饰了别人的梦。全诗虽然全无修饰，但无人能否认这首诗给我们提供的无穷的诗意空间以及流淌心间的温润与美好。诗歌的形式并无好坏之分，只要能把作者想呈现的东西恰如其分地展现出来，给读者提供诗意的想象空间，这就成功了一大半。

从前的孩子
拉起弹弓
双眼发亮

从前的姑娘
抱着稻草
两眼迷茫

作为一个在乡村长大的孩子，我个人初见这节短诗之时便觉一种分寸的适宜与情感的惊艳。读过游天杰的《骰子的秋天》的读者或许也对其现代前卫、桀骜不驯的诗歌风格以及精美成熟的用语深有体会，他此前的诗集要么热情犀利，要么温和冷静，偶尔还带着点悖驳理性的荒谬色彩。而在这本《野兽和花朵》中，那种锋芒毕露的用力姿态有所减弱，纯粹而柔软的倾向尤为明显。拉弹弓的两眼发亮的孩子与抱着稻草的双眼迷茫的姑娘，不仅是作者深刻的童年烙印，带着时光欲语还休的迷雾，悠远且清晰，也是我记忆中的乡村印象。就算没有过类似生活的读者，也能透过想象勾勒大概，顿而心生向往。

清爽的拂晓沿着山路行驶
银杏叶纷飞的路上

圆滚饱满的音乐和愉悦感
袅袅轻烟的漫不经意
我想你……

这节短诗前四句的用笔极其细腻清美，当我们还在为那一幕幕美好的自然之景流连忘返时，诗人已经有点迫不及待了——结尾直接而含蓄的“我想你……”二话不说地把这首诗歌的谜底揭开了：如爱屋及乌般的，“你”不动声色地浮现，才使得这平凡之景也有了几分绝色；也有可能是因为当我们深深为一个人着迷时，万物都藏有她（他）的一个影子，所以哪怕此刻万籁俱寂，自有无声音乐流淌心间。爱情自古以来都是文学作品的主要题材之一，好的爱情抒情诗，应能透过日常通俗的题材来对其进行诗意的提高与拓展，乃如以下这首：

每一次想你
白云就会变成一棵云杉
风撩起你的衣裙
小兽在天空奔跑

每一次想你
落日隐没于山崖后
野花停滞在岩石间
我握住第一颗星星

每一次想你
我谁都不告诉

只告诉一只小蚂蚁
它轻轻地啃着我的诗句

在第二句浅白的“每一次想你”之后，诗人细细将人间小美娓娓道来：落日隐没于山崖后／野花停滞在岩石间／我握住第一颗星星，乍一看三节都是如此地“顾左右而言他”，但其实则不然——多余对诗歌来说无疑是致命的，但这里的落日、野花与星星在拓展诗歌空间的同时，也是在不断铺垫“想你”时的愉悦与心动，使结尾“每一次想你／我谁都不告诉／只告诉一只小蚂蚁／它轻轻地啃着我的诗句”这倔强且含蓄的告白来得水到渠成又不乏气势。但倘若诗人将“每一次想你”的句式在此基础上增加，那想必与此而来的累赘感会使诗歌带给人的放松、治愈之感大打折扣。绮丽的铺垫、适度的抒情以及具有跳跃感的诗歌节奏，使这首诗不失为该诗集中的上乘之作。

诗集里我比较喜爱的还有下面这首诗，不事雕琢而言之有物：

无缘无故突然醒来
午后的风与光
化为鸟鸣

也许大多数人都曾有过这种经历：在某个午后突然迷迷糊糊地醒来，房间里独自一人，唯有透过从窗帘透过来的光线之强弱长短来猜测时间。在头脑还未觉醒时，窗外的微风与光热好像都被融进一片敞亮的鸟鸣之中，而这首诗通过质朴的言语与奇特的想象把这幅私人化的日常生活图像完好地呈现出来了。类似的还有这首：

夏日午后
明亮的风

松杉青翠
袖里装白云

一个人躺着
空旷无聊

初见便觉文字朴素、意象明净，因为“一个人躺着／空旷无聊”这一具有反差性的口语独白，所以前文所言之物才被注入了生命源泉，夏日白云与青翠松木才顿时显露出一派空旷之感，让人不由得回头领会一番，而“我”此刻极平常的无聊之感也被瞬间点亮了。当然，在文学作品中能不能找到一丝一毫的共鸣是需要运气的，共鸣首先建立在作者与读者直接或间接的共同经历之上。正如下面这两句：

我常怀告别之心
去做深爱的事情

透过古典而严谨的齐整句式，用私人化的角度剖析自己而启示读者，态度是十分亲和的。继而让我想起余光中先生所说的，“人生有许多事情，正如船后的波纹，总要过后才觉得美的”。但是大概没有读者会喜欢“要（请）常怀告别之心／去做深爱的事情”这类建议式的“诗歌”——我始终认为，诗歌最主要的目的是传达诗人当下的心境与真善美，而非大摆事实讲大道理。假如诗歌太过直白生硬，那么诗意便也得不到栖居，这是真正的诗人跟读者都不能忍受的。或许应予以读者多点尊重与信任，最想传达的诗意与真理，且让读者们自己慢慢去品。如下面这首：

如果音乐是垂直的，
那我们就水平躺下。

忠于音乐的听众自然能理解诗人在这里的妙比。唯有引而不发的含蓄与适当的留白，才能做到如此让读者大呼“原来如此”或是醍醐灌顶的效果。下面这首诗亦不失为优美的示范：

在人迹罕至的山谷
一只鸟
磨
损了声带

一山一鸟，十分空荡。虽不知鸟为何而鸣——为伴侣、为孤独，还是为这清幽的山谷，一个独具匠心的“磨”字，把诗中所有暗藏的情节与情绪悉数聚焦起来，漫进这空空的山谷之中，一股漫无目的的情绪与空旷的意境在这里被隐晦地无限放大，鸟儿的声带磨损了，诗意也在留白的平衡中显得更加开阔了。

而下面这首带着强烈画面感的诗作，则是从一个更为全知的视角出发：

淡绿的芭蕉树下
小学生在读书识字

一个姑娘在日光里晾洗好的衣裙
嗓音轻轻，在和缓的风中
一只山雀飞来又飞去

这首短诗所具有的画面感甚至要大于诗意，好比一篇篇幅短小的清淡散文，形散而神聚，尤其是最后一句“一只山雀飞来又飞去”，完全把读者翩跹的思绪悄然扯向了远方，而我们仍无回头的愿望，耳畔却是姑娘轻轻洒落的嗓音。实际上我在诗人游天杰的这本诗集中看到了很多乡村与自然的影子——但到底这些诗中所叙述的是诗人过往的童年经历呢，还是其目前所向往的悠然恬静之生活的诗意写照，都不得而知。唯一可以肯定的是，这些钟情于山水田园的文字，无一不是在述说对美好生活的笃定与热爱。而说到中国的山水田园诗，无人不知王维，还有东坡对其所作美誉，即“诗中有画，画中有诗”，诗人游天杰显然深知这种诗与画互为成就的经验，并把它成熟自如地运用到其各种写景抒情中。

一树杏花瞬间落了满地
步履未停
呼吸慢了
几拍

这首诗的画面不仅十分秀美，所言之物也很贴近现实生活，有那么一瞬间让我得以欣喜地重新复习花红柳绿带给人的治愈之感了。我不由得想起五月的一个早晨，在匆匆步行去上班的路上，校园里的白色杜英花开得正是时候，忽觉自己见识了“春风不识杜英树，待到夏季如云开”的绝美之景了，一方面是内心惊叹连连，另一方面是步履不停生怕迟到，呼吸仿佛跟着心灵化为一体，不敢懈怠的脚步慢了好几拍——美好的事物总是会让人不由自主地屏住呼吸的，仿佛如此才能全身心地投入，达到一个欣赏与感受的绝佳体验。

我想读者朋友们只要稍加翻阅几首，便可发现这本诗集里随处可见的温暖质朴与微小触动。也许是出于已经三十而立的自我重新定位，也许出于成家立业之后的身份转变，作为一个读者，我很乐意看到诗人游天杰在诗歌写作上的这种尝试与转换，有如凛凛硬汉突然间变得柔情了，游天杰畅销诗集《野兽和花朵》之名的由来仿佛也在心里有了答案。所谓心有猛虎，细嗅蔷薇。

不管身为现代人的我们多么热烈地追寻爱情与面包、金钱与名利，也不管整个社会如何强调回归传统、回归自然，仅仅是作为至高无上的，也是无比脆弱的个人，我们需要这份微小的感动，我们总要回归田园——就像我们最终会归于尘土。愿你能在游天杰诗歌的安然与秀美中，寻得一点治愈。

# 附录三：一本能让人舒适地享受不舒适感的诗集

## ——浅析游天杰诗集《小镇上》

文／温宇新

读完游天杰《小镇上》这本诗集，留存于我脑海中的感觉能用“安静”和“荒诞”两个词来形容，它们就如小隐隐于世的小镇那样朴素，然而一旦靠近了，小镇上各种奇异的、荒诞的，甚至刺眼的景象就会伸出触角刺疼你的眼睛，直至刺入心脏，深入骨髓。但很奇妙的是，我在读诗时虽然感受到意象的刺痛，却并不厌恶这种疼痛，游天杰的诗就如同注入了魔力一样，让我暂时脱离尘世，安静下来，去享用这种疼痛。

在解读这种疼痛感之前，我想先谈谈游天杰诗歌意象的特点。诗集里的“桃花”“樱花”“阳光”“落叶”“春日”等意象，很容易就让人联想到静谧而亲切的大自然，这些意象相互交错，有机结合，构造出一幅安静祥和的小镇风光，使我远离了尘世的嘈杂，仅根据第一眼看到的几个意象，就能立刻坐下来，同作者一起领略小镇的景致。如这本诗集的开篇诗，全诗剔除了所有景物的描写和情感的抒发，只留下一个“风”字，究竟是怎么样的风呢？诗中没有具体说明，留给读者的想象空间非常大，但一结合“开篇诗”这个题目，立即把读者对风的感受限制在对诗集的体验上，开篇翻到的第一页，柔和的风就向读者吹过来，这阵风就像一首诗，缓缓地浸润读者的心，令人瞬间心旷神怡。把读者吸引到诗集的小镇上，这是游天杰诗歌成功的第一步。

而诗歌只依靠一些充满静谧感的意象来吸引读者，是远远不够的，游天杰诗歌具有魔力的另一个地方，是他把这些意象精心地整合在一起，使它们光鲜起来，去构成一幅幅带有强烈光感色彩的画面，如这首《夏日》：

云彩，烟囱，落叶
蝶群，诗集，草地
石子，小径，天空

整首诗只由几个意象构成，脱开诗歌来看意象，它们平凡无奇，但是意象结合在一起后，一股强烈的画面感就会迎风吹来，一幅水彩画不知不觉地映入了我们的眼帘，这幅水彩画是会动的，画面中的烟囱恍惚地飘着烟雾，落叶缓缓地从树枝上掉落，天空中的白云悠然地游荡，一位闲适的诗人坐在草地上翻阅诗集，蝴蝶围绕着诗人恣意飞舞。然而这流动的画面，刻画的却是一种静态的景象，画卷里的意象虽然会动，却并不会让人感到聒噪，反倒是这些动景，从侧面上反衬了意象本身宁静的一面，让观赏这卷水彩画的我们，随着流动的画面一起饱览这闲适的风光。游天杰做了最大的努力，抛去画卷中不和谐、不自然的部分，只保留最恬静、最具诗意的意象，意象与意象之间虽然没有连接词，但铺排在一起，浓厚的诗味便油然而生，读者最后体验到的，是纯净无瑕且舒适惬意的美感。

诚然，舒适的诗意美也只是诗人留住读者的其中一步，游天杰用他洁净纯粹的意象带领读者走入小镇的门槛，如果再深入一些，去踏过这个门槛，我们就会发现，在他自然而闲适的景致下，隐藏着无数株带刺的玫瑰，这些美好的刺悄悄地从镇子里延伸出来，刺醒沉醉在诗意王国中的读者，并慢慢地冲破诗歌一开始带来的自然闲意，如诗集同名作《小镇上》：

小镇上的
石径上的
烟囱上的
天空上的
云彩上　有一只跳蚤

云彩下的
大树下的
落叶下的
青草下的
地面下　有一只死鸟

读这首诗，我们感受到游天杰的诗风格明朗，具有清晰的音乐性和感官性。他的诗歌有一种匀称的秩序感，将诗意的体验融贯于一种全新的、独一无二的感觉之中。此诗的画面中，我们已经感受不到《夏日》这种闲适的情感了，取而代之的是浓厚的不舒适感，这种不舒适感表面上可以理解为意象之间的不协调，如“小镇”“石径”“烟囱”“天空”“云彩”这组意象构成的画面自然而安逸，但在收尾处突然以一只“跳蚤”结尾，就破坏了原本和谐的景象；同理，“云彩”“大树”“落叶”“青草”“地面”也和“死鸟”的画面相互冲突，构成强烈的对比反差，让读者在享受前段的静谧图景之后，猛然受到一股不协调的震撼。但如果再深一层去探讨诗歌的不舒适感的话，我认为是诗歌表达出了文化层面上的矛盾，前一组的“小镇”“云彩”等意象，可以归类为传统文明的象征，而“跳蚤”“死鸟”两个意象，则通过扭曲原本平和的图景来否定传统文明，象征着现代文明对传统文化的摒弃和污染，诗人对小镇的感情是非常复杂的，他一方面用协调的光和色调来描绘一幅水彩画，另一方面又为这幅画加入丑的阴暗面，以此刺疼读者的眼睛，让读者也随诗人一起，反思传统文明的扭曲和消逝。

这首《小镇上》，从整体上来讲，它是矛盾的、不和谐的，诗人既赞美小镇的风景，又不断把小镇背后的阴暗挖掘出来，以构造画面的对立，同时它又是荒诞的，用“跳蚤”“死鸟”这类张力极强的词汇，比喻黑白颠倒、弱肉强食的现代文明。其实纵观游天杰的整本诗集，意象的奇诡和荒诞已经成为主要的特点，甚至也成为不断刺痛我们心脏的主要因素，如这首《黑》：

这里实在太黑了
因为，不管在哪里
这种黑都代表你

你必须像黑一样
光明磊落，像黑一样
脉络清晰别无选择

此刻你感受着这种
从未有过的黑
无法逃逸的黑

黑主流，黑完美

黑绝望，黑飞舞
黑如子弹的速度

黑得再也
看不见黑

从这首诗中，我们可以很明显地感受到游天杰诗歌的荒诞性和反抗精神。诗人写黑，并不是突出黑的颜色，而是赋予“黑”以丰富的画面感，如用“光明磊落”“脉络清晰”来形容“黑”，本身就构成一场色调上的反差，它通过视觉上的冲击告诉读者，“黑”其实就是小镇里最精彩最本真的画面。随后，“黑主流”“黑飞舞”……诗人再次升华了“黑”这一意象的荒诞性，把读者带进了光怪陆离的世界，运用各种奇崛的意境戳痛读者的神经，此时读者的不舒适感不仅仅是画面上的不舒适，而是动态的、飘动着的不舒适，诗中的画面也已不是静态的水彩画，而变成了如电影一般的飞动恣肆的影像，读者原本安静闲适的心理被各种飞舞着的荒诞意象打破，隐藏在小镇上的荆棘伸出藤蔓，把读者带入了虚构诡异的诗歌世界。

至此，我们已经跨过表面的宁静，真正走进了游天杰塑造的离奇灵动的诗歌王国，王国里的一切意象都是飞动的、奇异的、带着刺的、崎岖不平的，我们手里握着玫瑰，玫瑰的刺刺穿了双手，但玫瑰的花香也同时萦绕着我们，游天杰的诗就是一朵带刺的玫瑰，它一边直刺读者的骨髓，一边又赠予读者奇妙的花香，如这首《你听没听过这样的故事》：

大鱼吃小鱼
小鱼吃小小鱼
小小鱼吃小小小鱼

小小小鱼吃小小小小鱼

小小小小鱼吃小小小小小鱼

小小小小小鱼吃……哎，真无聊

一本诗集如果只是靠几组荒诞奇诡的意象，是远远不够的，伟大的诗歌不仅需要有独特的意境，也需要有深刻的思想，游天杰的《你听没听过这样的故事》，就是一首别致的诗。在意境的开拓上，诗人独创了“大鱼”“小鱼”“小小鱼”等意象，尤其是意象中“小”字的重叠，让全诗另有一番戏谑的意味，这些由“大”和“小”构成的鱼，在互相“吃”着，共同展现“大鱼吃小鱼，小鱼吃虾米”的动物世界，我们不难联想到，现实的世界中的人们也跟鱼一样，重复着大吃小，小吃更小的图景，而且这种景象不会停止，只会一直延续下去。当诗人发现世界大吃小的普遍规律后，他从这个圈子中游离了出来，直叹着“真无聊”，而作为读者的我读完这句后，也突然醍醐灌顶，认识到大吃小世界的荒谬，此时读者的心态是明朗的，我们既接受了诗人剖开的大吃小现实的疼痛，又享受着诗人对这荒诞世界的嘲讽，我们终于又重新坐下来，安静地品味诗歌的思想力度。

读诗于此，我再次回归到了安静的状态，如果说刚读诗时的安静，仅仅是被诗集的意象吸引才静下来开始阅读的话，这一次的安静，则是被小镇上各种荒诞奇崛意象刺透后，留下来的对意境的冷静反思。这时我们已经踏过小镇的门槛，穿过镇子里的荆棘林，来到了小镇的本体，我们开始对诗集中的各个意象进行思索，探寻为什么这一系列的景象会带给我们不舒适感，我们甚至已经安静地享受着这种不舒适感了，比如读这首《在中国》：

**在中国**

人民

就是一座英雄纪念碑！

这是将标题连起来一起读的一首诗，全诗只有三个意象："中国""人民"和"英雄纪念碑"，这三个意象钝化了游天杰诗歌一贯的尖锐，在深处勾起人们对自身命运的思索。把"人民"比作"英雄纪念碑"，并且还加上"中国"来加以限制，读完诗歌的我立马就会联想到自己，我意识到了自己被比喻成"英雄纪念碑"的荒诞，为什么作为中国人民一员的我会被刻在英雄纪念碑上，为什么人民的命运会与纪念碑联系在一起，"我"将会在"中国"中处于什么样的位置，一系列的思绪萦绕着我，让我不得不坐下来，慢慢探寻全诗的深沉意义。此刻我再次接收到了诗中的不舒适感，因为"英雄纪念碑"一开始传递给我的感觉是不舒适的，我渐渐领会"人民"作为国家基石的命运，而我也从一系列的不舒适感中寻找到了舒适感，因为以"纪念碑"来比作"人民"，是那么贴切，甚至引起了我强烈的共鸣。

读游天杰的诗你会享受到无尽的阅读快感，活色生香，他的有些诗写得如此艰涩，锐意创新，有时甚至打乱正常的语序来达到效果，游天杰一直在努力建立自己的语言秩序和风格。他在诗中注入奇诡的魔力，让我们被小镇的风光吸引，即使被镇子里的荆棘刺得遍体鳞伤，也不放弃对它的探寻，诗人在诗集中塑造了一系列静态的、动态的风景，表达了对社会人生的思考，读者也随着诗人一起，游览或安静的、或光怪陆离的意象，然后再静下来，思索意象带给我们的奇情妙义，享用意象带给我们的切肤之痛。

如果问我游天杰的《小镇上》是一本什么样的诗集，我会回答，这是一本叛逆的诗集，诗人旨在揭露社会、人生不和谐的一面，他的叛逆，深入骨髓，直刺人心；如果问我《小镇上》读起来怎么样，我会回答，这是一本完美的诗集，它的安静，它的优美，它的深沉，它的力度，它就像一阵清风一样，安抚我们这颗躁动的心。最后，我还想说《小镇上》也是一本独特的诗集，它融合了技巧的革新，诗意的重塑，诗味的重造，它让我们的身心真正放松下来，回归到作为人的最本真的状态，进而舒适地、幽静地、含泪地去享受诗歌中的一切不协调、不乖巧、不舒适的诗意。